小学生励志成长小说

做事有计划，我会更优秀

[韩]徐志源 著 / [韩]郑浩贤 绘
巩春亭 译

华夏出版社
HUAXIA PUBLISHING HOUSE

图书在版编目（CIP）数据

做事有计划，我会更优秀 /（韩）徐志源著；（韩）郑浩贤绘；巩春亭译. ——北京：华夏出版社，2016.8
（小学生励志成长小说）
书名原文：9-Year-Old Ms. Late
ISBN 978-7-5080-8863-1

Ⅰ. ①做… Ⅱ. ①徐… ②郑… ③巩… Ⅲ. ①儿童文学－图画故事－韩国－现代 Ⅳ. ①I312.685

中国版本图书馆CIP数据核字（2016）第147475号

9-year-old Ms. Late
Written By Seo, Ji Won；Illustrated by Jeong, Ho Seon
Copyright©YeaRimDang Publishing Co., Ltd. – Republic of Korea
Originally published as "9-YEAR-OLD MS. LATE" by YeaRimDang Publishing Co., Ltd., Republic of Korea 2012
Simplified Chinese Character translation edition is published by arrangement with YeaRimDang Publishing Co., Ltd (Republic of Korea).
All rights reserved.

版权所有，翻版必究
北京市版权局著作权登记号：图字 01-2012-7130 号

做事有计划，我会更优秀

| 作　　者 | [韩]徐志源 | 绘　　画 | [韩]郑浩贤 |
| 译　　者 | 巩春亭 | 责任编辑 | 王占刚 |

出版发行　华夏出版社
经　　销　新华书店
印　　刷　永清县晔盛亚胶印有限公司
装　　订　永清县晔盛亚胶印有限公司
版　　次　2016年8月北京第1版　2016年8月北京第1次印刷
开　　本　720×1010　1/16开
印　　张　10
字　　数　31千字
定　　价　25.00元

华夏出版社　网址：http://www.hxph.com.cn　地址：北京市东直门外香河园北里4号　邮编：100028
若发现本版图书有印装质量问题，请与我社营销中心联系调换。电话：(010) 64663331（转）

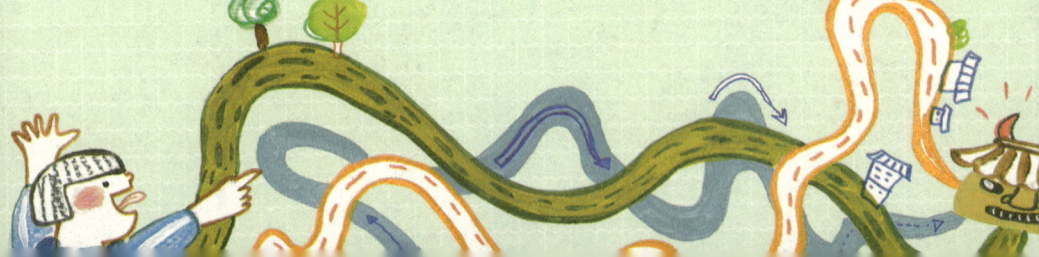

 序

计划能让我们梦想成真

各位小朋友都有着怎样的梦想呢?有一天,当你长大了,你想做什么样的工作呢?你有自信实现自己的梦想吗?如果想要梦想成真,你该怎么做呢?

在这个世界上,有梦想的人很多,因为梦想是每一个人都可以拥有的,但能让梦想成真的人并不多。那么,为了让这些梦想都成为现实,最必要的条

件是什么呢？那就是"计划"。想要让梦想成真，就要制订一个计划，立下一个目标，然后按照计划一步一步地落实到行动中。如果没有计划，又或者是制订的计划不正确，又或者是制订好了计划却没有去实施，那么梦想一直都只是梦想，永远无法成真。

假设一下你们现在正在旅行。想要不迷路，准确地到达目的地，就一定要认真观察地图。地图上可能有很多条道路可以到达目的地，但你要选择一条最近、最安

全的道路。"计划"就像地图一样，可以告诉你哪一条是通往梦想的路。如果没有计划，或没有制订正确的计划，就会在中途迷路、彷徨，自然就没办法让梦想成真。

有一种人，他们从小就一直把梦想放在心上，然后制订相应的计划并且把计划一步步付诸实践：莱特兄弟从小就想创造飞机，他们最终真的做成了；詹姆斯·瓦特小时候观察水壶时，就想要有一台蒸汽机，最后，他也实现了梦想。除了他们，还有很多很多的伟人都一直把梦想铭记在心里，制订好计划以后再付诸实践。

你是不是觉得，计划是令人烦躁、不快乐、不自由、难过的呢？如果答案是肯定的，那就说明你的计划太勉强了，未来你很难去遵守它。也就是说，你的计划是错误的。计划不是由别人给你制订的，它应该是由你自己自主地去确立、实施，是切实可行的计划。

现在，就是现在，打开你的练习本，拿起你的铅笔，制订一个今天的计划吧。再制订一周的计划、一年的计划。然后试着追随那些计划，一个一个地去完成既定的任务。每一个重要而幸福的梦，都是这样成真的。

大家的朋友

徐志源

目录

第一章 计划会击退诱惑
姜露琪失踪事件・2
妈妈的眼泪・21

第二章 计划会使梦想成真
向计划野营出发！・44
画出梦想的设计图・68
我人生的主人就是我・84

第三章 计划就是约定
人为什么要努力地活着？・98
乱七八糟的计划表・122
梦想成真的三个秘诀・143

第一章
计划会击退诱惑

"就这一次！别人不也是这样的嘛……"

如果进入了诱惑的圈套，

就会在瞬间浪费掉很多时间。

计划会守护着我，让我不至于陷入诱惑的圈套。

计划会使我的意志更加强大。

姜露琪失踪事件

"嗯?露琪不在!露琪已经起床了吗?"露琪房间里传出焦急的声音。露琪的床是空着的。

"露琪呀,露琪你在哪里啊?"妈妈在房间来回地找着。

"老公,露琪在哪里啊?"妈妈向在浴室里面刮胡子的

爸爸问道。

"没有啊,她不在这里啊,她这么早就起床了吗?"

"她从来没起过这么早啊……"

爸爸和妈妈越来越想不明白了。

早晨7点40分,这个时间,一般都是露琪把脸埋在枕头里沉睡的时候。

露琪从没有在妈妈叫她之前醒来过。"五分钟,妈妈,就五分钟……"每天早晨都这样,她一边嘟哝一边用被子把自己裹得像茧一样,总是磨磨蹭蹭。

"懒觉大王,迟到大王,你去哪里了呢?"

"她是不是已经去上学了呀?"

妈妈看了看门口,可露琪的鞋子还是好好地摆在那里。

"书包在,衣服也在……"

"真是的,见鬼了!"

刚开始,爸爸还气呼呼地环抱着双臂。

不过,一会儿之后,爸爸和妈妈渐渐开始担心起来,他们没去上班,一脸愁容地在房间里走来走去。他们在阳台找了个遍，甚至连杂物间都找了，连个影子也没见着。

"不会是晚上有小偷进来把露琪偷走了吧？"

不知不觉已经8点了，妈妈的脸色越来越不好看。

"不行，赶紧报警！"妈妈抓起电话就往警察局打。

"帮我查一下我的孩子是不是被拐骗走了！早晨起来，她就不见人影了！"

"呜哇呜哇……"

还不到五分钟，警车就到了楼下。两位警察到了露琪的家里，他们敬过礼之后仔仔细细地搜着。爸爸和妈妈跟在警察后面一五一十地讲述了早晨发生的事情。

与此同时,妈妈开始小声抽泣了。

"嗯,这种事情还是第一次啊。"其中一位警察摸着下巴自言自语道。

就在这个时候,不知道从什么地方传来了"咚"的声音。爸爸、妈妈和警察都立刻把耳朵竖了起来,这是从露琪的书包里传来的声音。所有人都一下子围到了书包那里。

但是，很奇怪，露琪并不在那里。警察拉开了壁橱，只有衣服和被子。

"嗯？"警察又开始摸起了下巴，像突然想起什么似的，他们向床底下看去。在黑暗的床底下有个什么东西被被子裹得紧紧的。

"那是？"警察叫道。

"露琪呀！"妈妈也叫了起来。

"露琪！你这个家伙！"爸爸把手伸得老长，但仍没有抓到待在角落的露琪。

"你进那里干吗？还不赶快出来！"妈妈把脚都伸了进去，露琪却滚到更远的地方去了。

"不要……我不出去。我要在这再睡一会儿……"露琪迷迷糊糊地磨蹭起来。

"你知道现在几点了吗？"

"不知道。"

"小心被我抓到！不然我用棒子打你啊！"

"那我就更不出去了，绝对不出去。"

爸爸和妈妈都伸手努力去够露琪，但露琪逐

渐向更远的地方爬了进去。

"唉！这个家伙！真是的……"爸爸和妈妈气得脸都红了。

"稍等一下。"警察出面了，其中一位弯下腰用浑厚的声音向床底下说道，"我是警察，如果你现在还不马上出来的话，我就用手铐逮捕你，用绳子紧紧地把你捆起来带走。"

"啊？！"露琪发出了尖叫。

露琪在被子里，用仅露出的两只眼睛打量着外面的情况。两位警察正在目光炯炯地看着自己，"哗啦哗啦"，他们晃了晃手里的手铐。

露琪马上就害怕了。于是，她慢慢地从床底下爬了出来。

"你！你这家伙！"生气的妈妈想打露琪的额头。

"啊！不可以使用暴力！"两位警察伸手拦住了妈妈。

"事情解决了！现在回去了！完毕！"其中一位警察用无线电话报告了这件事。

"我们会把露琪送到学校去的，请不要担心。"

露琪拿好了书包，被警察的大手拉着走出了家门。

一会儿，警车开到了学校。正在上课的孩子们都把头伸出了窗外，想看看警察到底要来抓谁。

警车的门开了，从那里走下来的是个小女孩，却不是警察。这个小女孩像是刚刚起来,头发是乱蓬蓬的。

"啊!那是露琪啊!迟到大王露琪!"孩子们都涌到了窗边。

"露琪啊,这是怎么啦?"孩子们挥着手大声地叫住露琪。

露琪立刻红了脸,拖沓地向教室走去。

"什么事情啊?出事故了吗?"班主任李老师把眼睛瞪得像鸡蛋一样,惊讶地问道。

"不是那样……"露琪把头埋得更低了,他并没有好好地答复李老师。

李老师立刻给露琪的妈妈打了电话。

"您是露琪的妈妈吧?露琪今天坐警车到校

的。啊？是这样啊。哦，您知道啊。警察在床底下发现她的啊。嗯，好，我知道了。"

李老师的表情变得像冰块一样冷。挂了电话，李老师打量着露琪。

"就那么不想来学校吗？"

"不是……"露琪浑身战栗，小声说。

"那到底是什么原因?"

"早晨按时起床太难了。"露琪老实地回答。

"我说过按照计划走才能做得好吧?遵守时间有那么难吗?"

露琪没有回答,把头再一次深深地低了下去。

"你今天留下来打扫

卫生吧。还有,从明天开始,要是再迟到,哪怕再有一次,我就好好收拾你。"

"嗯……"

李老师站在讲台前,身体站得笔直,严肃地看着孩子们说道:"无论是谁,都要按照计划和规范来生活。懒惰的人是不可能过上好生活的。但是,今天我们班里却有个为了睡懒觉躲到床底下的小朋友，她居然是被警察抓到学校来的。"

小朋友们都把目光转向了露琪。延宇和镇成咯咯地笑着，他们对露琪指指点点。

"时间一旦流逝就永远都不会回来了。大家一定要好好想想，怎么才能最有效地利用时间，让自己生活得有价值。在玩游戏的时候，大家还有机会'再玩一局'，但在人生的路上是不可能有'再来一次'的机会的。即使你从前没有按照计划生活，那也没有关系，但是从现在起，你要像重新出生一样，重新开始。"

"是！"小朋友们就像在合唱一样，一起大声地回答道。他们想让露琪好好听着。

"姜露琪，明白了吗？"李老师再一次问露琪。

"嗯……"露琪的声音勉强钻进了大家的耳朵里。

露琪一整天的心情都不太好。在打扫完卫生之后,她走出了学校。

"露琪啊,露琪!"延宇追了上来。

"你为什么留下来打扫卫生啊?"露琪问道。

"我也迟到了啊，嘿嘿。就是比你早了一点儿。"

"我就说嘛！你自己都迟到了干吗还对我指指点点的呢？"露琪大叫着说道。

延宇就跟乌龟一样缩了缩脖子。

"以后，就算是迟到一分钟的人都要无条件地打扫卫生，李老师说的。"

露琪哭丧着脸。

"大家都说，就是因为你才这样的，大家都被气得火冒三丈，说你是超级迟到大王。"

"哼。"露琪耍着小性子，突然转身走开了。

"露琪，坐警车好玩吗？喂，我也想坐警车。露琪，你真的藏在床底下啦？你藏得真隐蔽啊，就连你爸爸和妈妈都没找到你啊？"延宇追着露琪叽叽喳喳一刻不停地问着。

"下次你试试挂在天花板上吧，警察也绝对找不到你。但是要怎么悬挂在天花板上呢？啊，你要是蜘蛛侠该多好啊？"

露琪不由自主地叹了一口气。

妈妈的眼泪

露琪回到家里的时候，家中空无一人，因为爸爸和妈妈都去上班了。露琪就像平常一样习惯性地打开冰箱，找找看有没有什么吃的。当她找到遥控器想打开电视时，发现电视上面有一封信。

我亲爱的女儿露琪：

妈妈今天很难过、很生气，也很伤心，心里很痛。
妈妈第一次知道，原来你是这么懒的一个孩子。

到现在为止，你每次缺课、不去学校，还有迟到、不守计划，妈妈都试着去理解你、原谅你。

但是，从此以后我不会再这样了。

我这样放任你不管，会毁了你的未来。

露琪，妈妈给你讲讲我小时候从老师那里听来的故事吧。

老师是这么说的：梦想是挂在高塔顶端上的。

要想实现梦想就要一个台阶一个台阶地踩着爬上去。

制订好计划并且落实计划的人会谨慎地踩着一级一级的台阶爬上去，

但是懒惰、浪费时间的人是不可能爬上新一级台阶的，

他们最终实现不了自己的梦想，只能在原地踏步。

露琪，妈妈想向公司提出短期休假。

我想要陪在你的身边尽力照顾你，让你可以按照计划好好生活。

之前，你是不是觉得自己生活很累？

现在，妈妈每天都跟你在一起，一直帮你，让你可以向着梦想的台阶攀登。

我亲爱的露琪，加油！加油！

妈妈

看完信之后，露琪的心情一下子变得很奇怪。她一会儿感觉心情很好，一会儿又感觉很疲惫。她觉得妈妈不上班在家陪着自己是挺好的，但是一想到妈妈一天从早到晚都在自己旁边，又觉得自己会比较累。露琪的脑袋里面就像有些缠在一起的毛线球一样变得越来越乱了。

露琪打开了电脑，虽然妈妈说自己白天在家的时候不能打开电脑，但是露琪并没遵守。露琪很快就沉迷到了游戏里面。不知不觉，时间溜走了。

"铃铃铃，铃铃铃……"

电话响了，是家门前的数学辅导班的老师打来的。

"露琪，你怎么不来上辅导班呢？上课都多长时间了呀？"

"哎呀！我现在马上就去，老师。"

露琪又没有遵守时间。向辅导班走去的露琪，脚步是沉重的。

露琪从辅导班回来一看，妈妈正在准备晚餐，紧接着爸爸就进来了。

"露琪，爸爸回来了。"爸爸手上拿着一个小黑板。

"买黑板干什么？"

"你妈妈嘱咐我买的，为了我们露琪。"爸爸拍着露琪的肩膀说道。

吃过晚饭，爸爸在客厅的一边钉上了小黑板。妈妈在黑板上面大大地写下一行字——"露琪实现梦想的台阶"。

"妈妈，那个不是台阶，是黑板。"

听了露琪的话，妈妈并没有作答，而是一直在黑板上写了下去。

"妈妈，那个是什么啊？"

"这个就是为我们露琪制订的计划表。怎么样？不错吧？完美吧？"

"但是有落下的内容，怎么没有写上什么时候玩电脑，什么时候看电视啊？"

"暂时没有玩电脑或者看电视的时间。但是不要担心，好好实施计划的话，我会一点点给你加时间的。"

"不行！"露琪大声地叫了起来，可妈妈就像没听见一样。看着满满当当的字，露琪的心情更加沉重了。

"哐，哐卡哐，哐卡卡哐……"

露琪睡得正香，她猛然惊醒过来。因为在梦里面，她听到家塌了的声音。

"啊！啊！"露琪尖叫着立马坐了起来。

"你看这个，我说效果最棒吧！"爸爸和妈妈相视一笑。

露琪看到妈妈站在她的面前，手上拿着锅盖和一个汤勺。

"起床！早晨7点！起床时间到啦！"

妈妈又冲着露琪的方向敲起了锅盖。露琪堵上耳朵，把脸埋在了枕头里面。

"妈妈，就五分钟……就五分钟……"

"五分钟也好，五秒钟也好，都不行！不是

约好了今天开始无条件按照计划生活吗？"

"妈妈，拜托……"

露琪到底还是忍受不住了，只好乖乖地从床上爬了起来。她就像大猩猩一样摇摇晃晃地向卫生间走去。她半闭着眼睛随便洗了把脸后，开始刷牙。

妈妈一直跟着露琪，还一刻不停地唠叨着：

"快点儿快点儿！没时间了！吃完饭要去上学呢！"

露琪坐到了餐桌边上。

"哈——欠！"

还没动筷子呢，露琪就打起哈欠了。

"哈——欠！哈——欠！"

露琪连续打着哈欠，还没开始吃饭，露琪的嘴就快要打哈欠打得裂开了。

"放学就直接回家！得严格按照计划来。你知道妈妈今天开始就不上班了吧？我在家等着你！"妈妈盯着露琪督促道。

露琪一进教室，老师就用吃惊的眼神打量着她，然后说：

"咦？今天是怎么了，露琪今天没迟到，太阳从西边出来了？"

但是，露琪一直哈欠连天。除了在吃中饭的时候，这一整天她都在打哈欠，完全不像是清醒过来的样子。

"露琪，你哪里不舒服呢？"在回家的路上，

延宇问道。

"没有。犯困。"

"昨天没睡好吗?"

露琪点了点头,说:"起得太早了。一整天都像在梦里。"

"要不,我们在嗨皮文具店门口玩一会儿吧?那进了新的游戏机呢。"

"真的?"

露琪不自觉地就跟着延宇走了。一说游戏机,她发困的眼睛马上冒起光来。露琪打着游戏,感觉时间都停止了，她的手指在游戏机上飞快地舞蹈着。

"我赢……"

在露琪高喊万岁的那一刻。

"姜露琪！"不知道是谁在背后大叫了一声。

"啊！"露琪吓得叫了一声。

"呃，妈妈！"

"现在几点了？妈妈不是说了让你放学就立刻回家吗？"妈妈十分生气。

妈妈使劲拽起露琪的手腕就向外走。

"啊……啊，疼，轻点儿。"

"赶快走！就因为你，妈妈哪里都没去，等了你一天了。你就在这打游戏？你怎么能这么不懂事，嗯？"

妈妈的脸变得通红，这就是说明，妈妈特别生气。

露琪很不情愿地去了数学辅导班。

"在做除法的时候，你所选择的商很重要，余数不能比商还大。"数学老师的声音就像催眠曲一样。

露琪大概打了有十个哈欠，最后还是趴在书桌上睡着了。在数学练习册上，露琪的口水流了一大摊。

"我想按照自己的意愿生活……嗯嗯……"露琪嘟嘟囔囔地说起了梦话。

小朋友们大笑起来，老师的脸拉得很长，无可奈何地摇了摇头。

妈妈和露琪一起度过了一周，深夜，爸爸和妈妈轻轻地坐在露琪的床边。妈妈担心地说道："我们家露琪该怎么办才好啊？"

妈妈抚摸着露琪的额头，露琪躺在床上老老实实的，其实她只是装作睡着了，她觉得只有这样才行。

"到现在，我为露琪制订了学习的计划，为了把露琪送到辅导班，我每天都在跟着她，不是吗？"

"是啊，你太辛苦了。"爸爸温和地安慰着妈妈。

"我累一点儿没关系，但是没有效果啊，露琪还是做什么都很勉强，没有一天能自觉遵守计划表。"

妈妈的声音里充满了失望,就像面对一个久病不愈的病人。

"要不,你好好跟她谈谈吧。"

"谈过了。我还说要是好好遵守的话,就给她买新衣服。当她不遵守的时候,我也冲她发过火。什么样的方法都试过了,露琪就知道天天耍赖。前几天还撒谎说去图书馆,结果去了网吧打游戏。班主任说的,在班里面,露琪的问题是比较严重的。"

"唉。"爸爸也叹了口气。

妈妈像是在掉眼泪,露琪听到了妈妈抽泣的声音。露琪的内心深处感觉很不是滋味,其

实，她心里也很难受。

"都是我的责任。我因为上班，没能好好地照顾她，她才变成了现在这个样子。要是我们露琪能自觉地做好该做的事情就好了，我现在的愿望就只有这个了。"妈妈的眼泪一滴

一滴地掉在了露琪的额头上。

露琪的心颤抖起来。露琪也想掉眼泪了,但她装作睡着了,紧紧地闭着眼睛。

"不要担心了,老婆。一切都会逐渐好起来的,会逐渐好起来的。"

一直在忍着的泪水顺着露琪的脸颊流了下来。

"妈妈，我也想做好，但我总是做不好。我也不知道为什么，按计划生活太累了。"露琪的眼泪都要把枕头湿透了，她压低声音哭了起来。

第二章
计划会使梦想成真

一定要这样!

没有梦想的人是不存在的,
但能让梦想成真的人却不多。
在实现梦想的过程中,我们必须试着画出梦想的设计图。
这个设计图正是计划。
当我们把每一项计划都落实到实践中去的时候,
就离梦想又近了一步。

向计划野营出发！

这一个学期的最后一天，老师为孩子们做了最后的讲话。

"从今天开始就是愉快的暑假了，但暑假不只是让你们玩的。你们要好好制订出计划表，充实地过好每一天。"

"耶！"老师的话音刚落，孩子们就欢呼着跑出了校门。但是，在他们中间却有个孩子是慢腾腾地、无力地走出校门的,那个孩子就是露琪。

昨天晚上,爸爸和妈妈跟露琪说,让她参加计划野营。露琪也因为自己想做出改变而同

意了爸爸和妈妈的建议，但她总是担心第二天自己是不是又要早早起床。

第二天早晨，露琪从起床就马不停蹄，最后坐上了学校的巴士。巴士里面已经坐了很多小孩子。爸爸和妈妈在巴士外面和她挥手告别。

"一路顺风！这次去，可要好好表现。"

露琪透过玻璃看着爸爸和妈妈，她流下了眼泪。妈妈在送走露琪的时候也湿了眼眶。

巴士启动了。露琪擦干了眼泪，从包里拿出爸爸和妈妈写的信开始读了起来。

露琪，我唯一的女儿：

到现在为止，我们露琪一直说着"再来玩一次"游戏，说着就看"一小会儿"电视，说着"就睡五分钟"懒觉，对吧？每当那个时候，妈妈都在唠叨。妈妈其实也不想对你唠叨，但是亲爱的女儿，为了你的未来，你要知道克制。想玩游戏了也可以忍住不玩，想看电视、想睡懒觉也懂得忍住不做，这就是克制。通过这次野营，如果你能自觉地制订计划，按照计划过有规律的生活，那就再好不过了。妈妈最大的心愿就是这个。愿你帮妈妈圆了这个心愿。

露琪，妈妈爱你

爱你的妈妈

露琪的眼泪像断了线的珠子一样掉了下来，她不停地抽泣着，眼泪擦了又擦。仿佛她是被爸爸和妈妈抛弃了的孩子，孤零零地独自生活在这个世界上一样。

"这就开始想妈妈了吗？"不知道是谁在后面问了一句。

露琪吓了一跳，转头一看。

"啊！原来是迟到大王吴延宇！"

"迟到大王不是你吗？超级迟到大王！"

露琪开心地握住延宇的手。

"我也是因为太懒了，我妈妈才把我送到这里来了。好像你也是因为这个原因吧？嘿嘿。"

延宇不好意思地点了点头，笑了起来。露琪

和延宇并排坐着，叽叽喳喳地说起话来，一刻也不停。巴士也在不知不觉中驶上了去往乡下的道路。

"来到计划野营的各位，欢迎大家！"一位戴着黑色墨镜，穿着蓝色运动服的叔叔说道。

小朋友们挨个坐在了举行野营的运动场上。从全国各地来的孩子们用各种各样的方言吵闹着。

"安静！安静！"墨镜叔叔挥舞着指挥棒对着麦克风大声喊道。

当这个像雷一般的声音炸开来的时候，孩子们被吓得倒退了一步，瞬间安静了下来。

"这里不是让你们乱吵乱闹的地方！这里是

让大家一边过着有计划、有规律的生活，一边体会计划的重要性的地方！"

在墨镜叔叔声音的威慑下，孩子们都吓得不敢乱说话了。墨镜叔叔那凝固的表情，更突显了他那突出的肱二头肌和健硕的身体，使他看起来更像是一个机器人。光听这声音就觉得他是一个特别可怕的人。

"我们这下可完蛋了。这哪里是野营，分明是军训啊！"延宇跟露琪说着悄悄话。

就在这一瞬间，墨镜叔叔用指挥棒指着延宇说：

"那边！"

"啊？"延宇吓得缩了缩脖子。

"偷偷说话的你们两个！"

露琪和延宇带着一副受到惊吓的表情，磨磨蹭蹭地从座位上站了起来。

"从什么地方来的？叫什么？"

"我们是从日山来的，冷千小学二年级二班的学生。我的名字叫吴延宇，她叫姜露琪。"延宇说话的声音极小，勉强能被听到。

"外号呢？"

"我的外号是'迟到大王'，她的外号叫作'超级迟到大王'。"

"哇哈哈哈……"小朋友们都拍着手大笑起来。

"也就是说冷千小学的两个迟到大王一起

来了，是吧？"

在墨镜叔叔高亢的声音下，延宇和露琪吓得浑身直哆嗦。

"这里是彻底体验计划性、规律性生活的地方！以后，大家会有很多任务要执行！任务完成得好就会有奖励，如果失败了或者是没有按照规矩来，就会受到处罚！明白了吗？"

"明白了……"

"声音太小了！全是蚂蚁聚在这里吗？响亮一点，大点声回答。明白了吗？"

"明白了！"

"很好！我的名字叫潘嘉运。"

"潘基文？联合国秘书长潘基文吗？"有人

在最前面问道。

"不是潘基文,是潘嘉运!和潘基文秘书长沾点儿亲。潘基文秘书长就是因为严格地按照计划生活,才成了联合国的秘书长。如果大家能在这次野营活动当中养成按照计划生活的好习惯，也能成为和潘基文秘书长一样优秀的人。知道了吗？"

结束了自我介绍以后，露琪和延宇背起行囊走进了大楼里面。楼里每个房间都住四个人，露琪和延宇的房间正好相邻。

"我们的房间和你们的房间好像是一个小队的，你看这个。"延宇指了指贴在走廊上的名单，延宇和露琪都是蓝天小队的，总共有六个小队。他们发现指示牌上贴着很奇怪的三张字条。

"无论是谁都能拥有，但不是每个人都能实现的？"延宇歪了歪脑袋。

"并不是越多越好？"露琪也歪了歪脑袋。

这时候,有个人在背后说话了。

"这是来计划野营的队员们每个人都要解出来的任务,只有答出这三个任务才能够回家。一定要记住!冷千小学的迟到大王们!"潘嘉运队

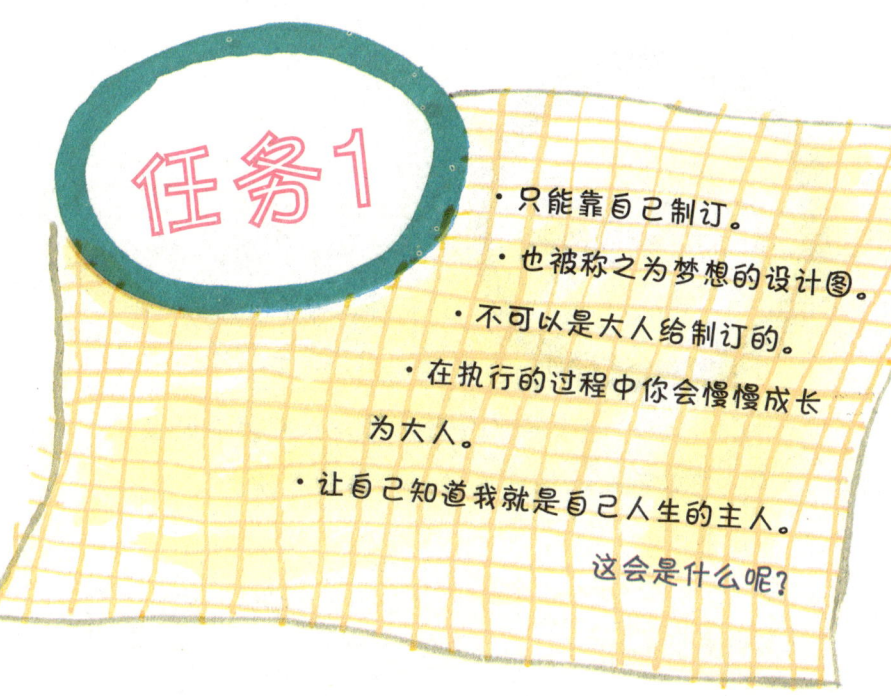

任务1

· 只能靠自己制订。
· 也被称之为梦想的设计图。
· 不可以是大人给制订的。
· 在执行的过程中你会慢慢成长为大人。
· 让自己知道我就是自己人生的主人。

这会是什么呢?

长板着脸说道。

"是。"延宇和露琪像泄了气的皮球一样回答道。

露琪和延宇分别进入了自己的房间。房间

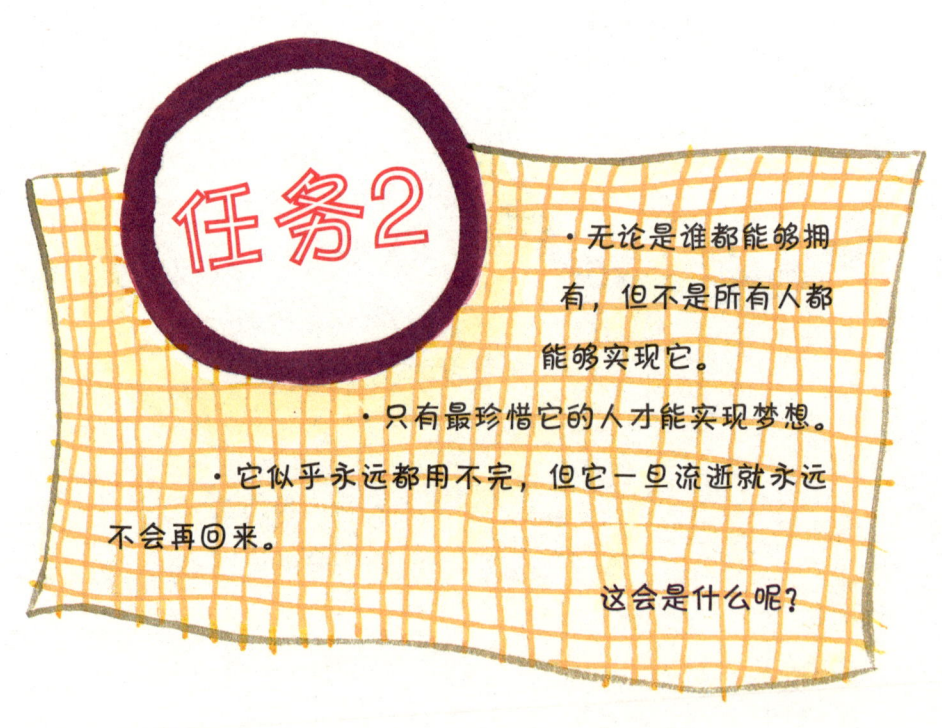

任务2

·无论是谁都能够拥有，但不是所有人都能够实现它。

·只有最珍惜它的人才能实现梦想。

·它似乎永远都用不完，但它一旦流逝就永远不会再回来。

这会是什么呢？

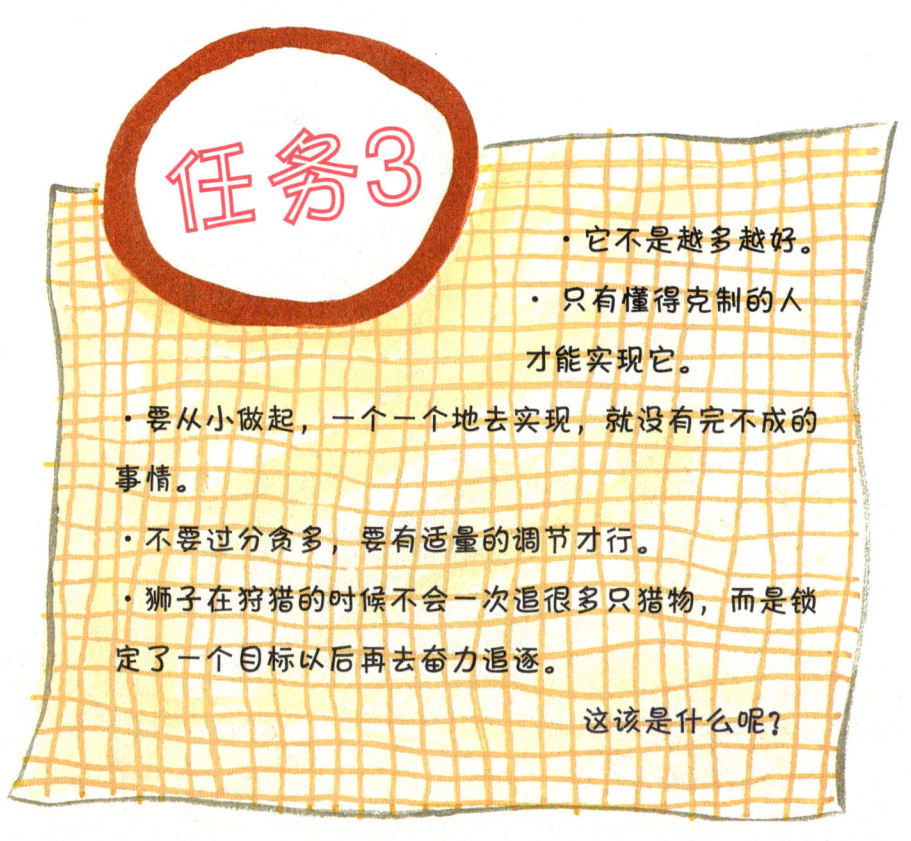

- 它不是越多越好。
- 只有懂得克制的人才能实现它。
- 要从小做起，一个一个地去实现，就没有完不成的事情。
- 不要过分贪多，要有适量的调节才行。
- 狮子在狩猎的时候不会一次追很多只猎物，而是锁定了一个目标以后再去奋力追逐。

这该是什么呢？

里面摆着两张上下铺的床，每个床位都写着名字。露琪的床位在右下角。

过了一会儿，进来了三个女生：高个的女生、胖胖的女生，还有一个脸晒得很黑的女生。

"呃？你不就是那个从日山来的'超级迟到大王'吗？"三个女生一下子认出了露琪。

大家卸下行李后开始介绍自己。

"我是从釜山来的政敏，徐政敏。"

"我和政敏一个班，叫金江姬！"

政敏和江姬带着方言介绍了自己。

"我是从江陵来的金彩林，见到你们超级高兴！我是二年级的，你们是几年级的？"晒得很黑的彩林用方言问道。

"我们都是二年级的。超级高兴能见到你们！"

三个人很快就和露琪熟悉了起来。

"我原来以为是吃喝玩乐的地方，所以才来

的。这都是什么啊？爸妈说这里是游乐园，原来我们完全被骗了啊！这世上真是没有几个能信得过的人了！"胖胖的江姬趴在床上嘟囔道。

"不给饭吃吗？我都饿扁了，都快成煎土豆饼了！"彩林说道。

正在这时，挂在走廊的大喇叭响起了告知孩子们吃饭的通知。孩子们一窝蜂似的跑到了食堂。香喷喷的鸡肉味充满了整个食堂。

延宇最快到达食堂，饿得不行了的他往餐盘上盛了好多鸡腿。饥肠辘辘的露琪也往餐盘上夹了好多的肉。

就在孩子们刚要动筷子的时候，大家听见有人说了一句"等一下"，原来是招人讨厌的潘

嘉运队长。

"我们每天都要吃饭,但是不能无节制地吃。我们要有计划地生活。"

"吃饭和计划有什么关系?"露琪流露出无语的表情,她问道。

"有计划地生活就是要懂得克制。不能克制会怎么样呢?想吃多少就吃多少会怎么样呢?"

延宇回答了潘嘉运队长的问题:

"身体会发胖,也会生病。"

"对！那么不能克制自己的想法，沉迷在电脑游戏里又会怎么样呢？"

"脑子就会生病。"

"对！为了不掉入诱惑里面，克制是非常重要的。要懂得克制，不能过分贪多。我希望你们留下自己能吃得了的部分，把盛在餐盘里面的其他食物都退回去。你们不要光吃肉，像绿叶菜、胡萝卜，还有炒洋葱这样的蔬菜都要吃。"

"马上！"潘嘉运队长用最大的声音喊道。

孩子们哭丧着脸把大部分鸡肉都放回去以后，又盛了很多蔬菜。

"从第一天开始，我们就变成兔子了。"

"照这样下去,回家的时候我们的大门牙都会凸出来,眼睛会变成红色的!"

露琪和延宇好不容易才把最不喜欢吃的蔬菜都咽了下去。

画出梦想的设计图

计划野营的第二天，早晨 7 点半。

"集合！都到齐了吗？"一点儿都不招人喜欢的潘嘉运队长响亮的声音回荡在运动场上。

孩子们都睡眼惺忪，边揉眼睛边在运动场上找各自的小队。

潘嘉运队长穿着红色的运动服，戴着有角的帽子，他皮肤黝黑，活脱脱一个特工勇士。潘嘉运队长开始清点每个小队的人数。

"朝霞小队集合得最快!给你们30分!"

"哇!"朝霞小队开心地跳了起来。

"蓝天小队怎么就七个人呢?剩下的一个人到哪里去了?"

孩子们用还没睡醒的眼睛四下张望着。这个时候，大家看到远处有个人揉着眼睛从大楼里面跑了出来。可能是阳光太刺眼的缘故，她眯着眼睛看着四周。

"哎呀，那个超级迟到大王！到野营还迟到！"延宇不满地嘟囔道。

彩林马上挥手叫了叫露琪：

"这里，露琪！"

露琪拖着拖鞋跑着，突然，她摔倒了！

"哎呀！"

围观的孩子们开始哄堂大笑。露琪慌慌张张地返回去穿上那只跑掉的拖鞋，一瘸一拐地跑了过来。孩子们看着露琪抱着肚子笑弯了腰。露琪又羞又急，脸蛋红得就像苹果一样。

"蓝天小队，罚你们30分！罚你们绕着运动场跑五圈以后去厨房刷碗！"潘嘉运队长的话音刚落，就在本子上记下了分数。

"啊？我们也一起吗？"

"我先前不是已经说过了，在这个野营里，大家要无条件地服从于团体！"

"……"

孩子们愁眉苦脸的，却不知道要说什么。在其他小朋友们快乐地做早操时，蓝天小队的八个人只能流着汗绕着操场跑圈。

"这都是什么事啊，早晨就被罚跑步！"

"超级迟到大王，拜托你救救我们吧！"延

宇甩着两只胳膊喊着救命。

露琪的脸红一阵白一阵的,快要撑不住了。

"啊,真想按照我自己的想法活。"露琪深吸了一口气,像在祈祷一样嘀咕着。

吃完早餐以后,小朋友们一个挨一个地坐在一棵榉树下面。一位穿着蓝色连衣裙的女老师在等着他们。

"我的名字叫郑美淑。现在,大家写信的时间到了。"

郑美淑老师把信纸分发给了大家。

"给谁写啊?父母?老师?"

郑美淑老师摇了摇头,然后说:

"这是封很特殊的信,是写给你们自己的。"

"给自己写信?"孩子们都流露出迷茫的表情。

"不是给现在的自己,而是给20年后的自己写信,是给已经成为大人、未来的你写信。大家都有想实现的梦想,对吗?对于小朋友来说最重要的就是梦想,因为小朋友就是为梦想而茁壮成长的小树。"

"是!"

"大家都闭上眼睛,想想20年后自己的样子。想象一下自己成为大人的样子,未来的自己会是什么模样呢?大家的梦想是否已经成真了呢?"

露琪闭上眼睛想象着20年后自己的模样。露琪梦想自己成了一名料理师傅，带着高得仿佛都能触到房顶的大帽子在做着各式各样的料理。客人们为了吃到露琪制作的料理从早晨一直排队排到晚上，露琪一想到这些就觉得好开心。

这时，郑美淑老师"啪啪"拍了两下手，这是让大家回到现实的意思。

"来，看这里。无论是谁都能够拥有梦想，但不是每个人都能实现它。成了大人，梦想就能成真吗？自然而然就会成为医生、博士，会成为歌手吗？不是的，不是成了大人，梦想也就自然地跟着成真了。但是让梦想成真的方法却都很简单，是什么方法呢？如果想让梦想成真的话，我们现在该做些什么呢？"

"该做什么呢？"坐在前面的人问了一句。

"想让梦想成真是要有设计图的。这个设计图是为了实现梦想，一件一件地整理自己该做的事情，画出梦想的设计图。"

"梦想的设计图？"

"是的，要想实现梦想，就要制订出一个明确可行的计划。想成为科学家就要制订能成为科学家的计划。想成为医生，就要制订让自己能成为医生的计划。没有相应的计划是不可能实现任何梦想的。当然啦，梦想也不是自然而然就能实现的。如果觉得自己成了大人，梦想也就顺理成章地能够成真，那真是一个大错特错的想法。"郑美淑老师一字一顿地说道。

露琪在下面认真地听着，心里想：

"我怎么就没想过怎样让梦想成真呢？我怎么能认为成了大人就一定会实现梦想，就像妈妈给我做饭一样自然而然呢？"

露琪的心扑通扑通地跳了起来，其他的孩子也流露出了严肃的神情。

郑美淑老师指了指放在榉树下面的黄色圆盒子，说："这个是时光宝盒，大家开始给20年后的自己写信，一边写信一边在心里画出自己梦想的设计图。写出实现自己梦想的计划，把信放到时光宝盒里，20年以后再把它打开看一看。"

郑美淑老师说完，小朋友各自散开，到野营场地的各个角落找好位置，他们约定要在一个小时以后写完信，再回到榉树下集合。

"延宇，你想当什么呢？"

"我想做的事情太多了，想当探险家，也想当歌手，还想当电影导演，也想当足球运动员。"

"梦想多还真好。"

"就是因为这样才担心啊，要写几封信啊？露琪你的梦想是什么啊？"

"我……我，保密。"

露琪并没有说出自己的梦想，她总担心说出来就不会实现了。

写给姜露琪料理师：

今天，你又做出了世界上最美味的料理。

世界各地的电视节目都会播出你做料理的画面。

在电视中你带着满脸的自信，正在教观众朋友们如何

制作料理。

人们一定都坐在电视机前观看你如何做料理，边看还

边流口水。

世界上所有的料理你都会做，而且做得非常好。

总统也因为想吃你做的料理而邀请你。

全世界的人们都会为了要吃到你做的料理而从各地涌来。

姜露琪料理师，我想要成为你，我该怎么办呢？

从现在开始，我要制订什么样的计划呢？

我该怎么画出我梦想的设计图呢？

想成为料理师，那么，我首先要做好料理。
那么，这就去学很多料理好了。
也可能要去外国学习，所以像英语、汉语、日语这样的外语一定要学好。
我希望所有能吃到我做的料理的人都健健康康的。所以呢，我如果想做出健康的食物就要掌握有关人的身体和营养方面的知识。
还有比这些更重要的事情，那就是，要想让姜露琪料理师把每顿都做得好吃，从现在开始再这么懒下去是不行的。
姜露琪料理师，请画出周密的梦想的设计图，并且努力付诸实践，这样才能实现你成为料理师的梦想。期待你早日实现自己的梦想。

来自20年前9岁的露琪

"哼,爱说不说。"

延宇转过身开始写信去了,露琪也认真地写了起来。

突然，露琪停顿了片刻，因为她刚刚意识到自己从来没有想过，如果要想实现自己的梦想都该做些什么。露琪收起思绪，慢慢地写完了信。

露琪写完信之后，看了好久。

露琪把每一件为了实现梦想而要做的事情都一一写了下来，她发现自己要走的路很漫长，如果自己仍然继续像现在这样生活，是根本无法实现梦想的。

"写完了？"延宇问道。

延宇把头伸过来偷偷看了起来，露琪立刻把信藏了起来，延宇撇了撇嘴。

孩子们重新聚集到了榉树下，郑美淑老师把孩子们写的信一封一封地装入了黄色的时光宝盒里，彩林把自己的发卡也一起放了进去，江姬把贴纸也贴在信上了。

"现在，开始密封时光宝盒了，把它埋藏在地下，等20年以后大家再次相聚时，再一起

打开这个宝盒看看。我也真心地祝愿你们每个人的梦想都能成真。"

郑美淑老师边说边和孩子们一起把时光宝盒仔仔细细地埋了起来,埋完之后,孩子们双手合十,向埋放时光宝盒的位置祈祷。虽然谁也没教孩子们要这样做,但他们就这样祈祷自己的梦想都能成真,未来无限美好。

我人生的主人就是我

埋完时光宝盒的那天夜里,露琪睡着睡着忽然睁开了眼睛,她感觉肚子疼痛万分,忍不住叫了一声:

"啊,肚子痛死了!"

同屋其他女孩子都没有听到露琪的叫声,继续沉睡着,因为这一天下来大家实在太累了。白天,大家埋好了时光宝盒之后,还爬到了山顶。

"彩林，你醒醒，彩林！"

露琪晃了晃彩林，但彩林完全没有要醒来的迹象。没有办法，露琪只好独自走到了走廊。走廊在微弱的应急灯的照射下，显得很昏暗。卫生间在大楼的外面，在运动场的外围。

露琪虽然内心害怕极了，但是她的肚子疼痛难忍，也顾不了那么多了。

露琪一鼓作气，跑着横穿过运动场，向卫生间快步跑去，她摸索着墙壁上的开关，按亮了电灯。在黄色灯光的照射下，整个卫生间一下子就亮了起来。

露琪丝毫没有犹豫，迅速进入第一扇门，脱掉裤子。"哗啦啦"，从卫生间传来了她腹泻的声音。

这时，写在门上的涂鸦引起了露琪的注意，涂鸦在灯光下隐约可见。

"这不是野营的三个任务之一吗？只有知道这个答案才能回家啊……"

露琪仔细地阅读着涂鸦，她想，或许这首打

这种东西只能由自己制订。
这种东西也被称之为梦想的设计图。
这种东西不可以依靠大人来给制订。
制订它，并且在遵守它的过程中慢慢成为大人。
让自己知道我就是我人生的主人。
这会是什么呢？

油诗后面还写着答案呢。果真,有人写了"钱",有人也写了"梦想",还有一个长长的箭头指向更远处,露琪顺着箭头看了下去。

"这都是什么意思啊?"露琪一边上着厕所,一边歪着脑袋努力地想着。

"计划本来不就是由大人来给我们制订吗？一到放假妈妈就给我做好各种计划，平时去学校的计划表也是妈妈做的呀……"

露琪眨着眼睛拼命地想着，突然她意识到了什么。

"等一下！这不就是在提醒我吗？任务一的答案就是计划！它是不能让大人来给我们制订的，这就是在提醒我，我人生的主人就是我自己，答案就是计划呀！"

露琪高兴极了，顾不上自己是在上厕所，哈哈大笑起来。她觉得自己肯定是第一个猜出答案的人。

上完厕所后，露琪提上了裤子，准备推开卫

生间的门往外走，却发现卫生间的门怎么都打不开了。

"呃？这门是怎么回事？"

露琪使劲推门，把门推得哐哐响，但是门依然是严严实实的。

"是谁在外面把门锁上了？谁在搞恶作剧？啊，该不会是鬼吧？世上没有鬼啊……"

这时，从卫生间的外面吹来一阵风，玻璃强烈地抖动起来。露琪有点儿害怕了，她全身起了鸡皮疙瘩，腿也不停地颤抖。

"别再恶作剧了！赶快开门！是彩林吗？还是政敏啊？"露琪喊着，但她根本听不到卫生间外面的任何声音，露琪的眼泪哗啦啦地流了下来。

"呜呜呜，爸爸妈妈，我要被鬼吃掉了，不遵守计划，每天上学迟到，还那么懒惰，结果现在我被困在卫生间里面死了……呜……呜呜……"露琪敲着卫生间的门，难过地哭了起来。

就这样，时间过去了好久，露琪此刻无比想念爸爸和妈妈的脸、朋友的脸、老师的脸，这些熟悉的脸庞都浮现在她的眼前，她觉得自己以后可能再也见不到他们了。

"拜托，救救我吧，我以后再也不偷懒了，绝对不迟到了，我已经受到惩罚了，以后再也不睡懒觉，再也不缺席辅导班的课了，我会努力的。呜呜……"

露琪一次又一次地发着誓……最后又伤心又

累的她坐在马桶上睡着了。

"露琪!你在哪里?露琪!"

"姜露琪!你在哪里?赶快出来!"

露琪在朦胧中听见有人在喊她,她倏地站了起来。她还在卫生间里。窗外,天已经大亮了。

"在哪儿呢?露琪!"

"姜露琪!出来!"

露琪听见大家在野营场地的四面八方呼喊着自己的名字。

应该是大家认为露琪失踪了,蓝天小队的孩子们都出来找她了。

怎么回事呢?原本关得严严实实的卫生间门突然开了一条缝,露琪拽了拽卫生间的门,门竟然打开了！

"啊！原来卫生间的门根本就不是锁上了！应该是往里拽的啊！"

露琪一直把门向外推，能打开才怪呢！

"露琪，你在哪里啊？"

露琪心想，要是让他们在洗手间里找到自己，那可太丢脸了。这时她突然发现卫生间有后门，于是她从后门悄悄地溜了出去，然后向运动场跑去。她一跑出来，就被孩子们发现了。

"啊！那是姜露琪！姜露琪在那里！"孩子们叫着露琪的名字，向她跑了过来。

"哎呀，干吗老跟着我啊？"

露琪觉得很丢人，更快地向运动场跑去，她

还担心自己在卫生间待了一晚，身上会有卫生间的气味。结果，其他的孩子为了追到露琪，都跟着她在运动场跑了起来。

"抓住露琪！抓住露琪！"

正当那时，站在窗边的潘嘉运队长看到了这一幕，他欣慰地点了点头。

"今天，孩子们晨练起得可真早啊。还没到7点呢，他们都已经起来开始准备了。"

"真是群神奇的小家伙啊，他们似乎变得很勤快了呢。这次的野营真是太成功啦！"郑美淑老师笑了起来。

"迟到大王露琪好像起得最早呢，今天要给她打高分。"潘嘉运队长也笑了起来。

第三章
计划就是约定

自立!

计划就是和自己的约定。

要坚持遵守自己和自己的重要约定。

计划能帮助我们更加自立和自信。

约定!

人为什么要努力地活着？

不知不觉中，孩子们已经在计划野营中度过了两天。露琪和其他孩子们的脸蛋都晒得黑黑的，看起来很健康。

这是大家从早到晚都按照计划生活的结果。

有规律的生活和饮食让孩子们像向日葵一样茁壮成长了起来。虽然只有短短的两天时间，但孩子们都脱胎换骨，个个变得像个小大人一样。

"我们今天的这项任务需要各个小队队员之

间的紧密合作。这个任务是要找到妖精小屋，打开屋里的秘密箱子，拿到箱子里面的物品。这个物品对大家都很重要，最先完成任务的小队可以获得特别嘉奖。"潘嘉运队长今天仍然背着手，用响亮的声音说道。

无论用怎样严肃的表情说话，孩子们也不再怕他了，因为他们看到了藏在墨镜后面那双像纽扣眼一样小的眼睛。谁看到那双眼睛都会感觉很滑稽。

"这次我们争取拿第一吧。现在咱们队被罚的分数最多，再这样下去，真的成倒数第一名了。"延宇把蓝天小队的队员都叫到一起，鼓励了一下。

蓝天小队的所有人都表现出了满满的自信。

潘嘉运队长给各小队发了一张地图和一个

指南针。到达妖精小屋有很多条路,近的路比较险,而远的路则比较平坦。

"我们从这条近路走吧。不让别的小队追上,

我们第一个到。"

露琪的话一出,其他的孩子就纷纷表示赞同。

潘嘉运队长终于发出了出发的命令。

"出发啦!"

孩子们一起向丛林进发了。

蓝天小队为了防止队员掉队,两人一组互相牵着手。露琪和江姬一起手拉着手。孩子们深一脚浅一脚地越过了岩石,走上了布满石子的小路。老师们为了防止孩子走丢,在树枝上系上了红色的蝴蝶结。大家只要跟着红色的蝴蝶结走就不会迷路。

走着走着,前面出现了一条浅浅的溪流,孩子们小心翼翼地趟着水,这时,"噼噼啪啪","噼劈啪啪",天空中开始落下了大大的雨点。

"暴风雨要来了吗?"政敏一脸忧愁地看着天空。

天空中布满了乌云。

"噼噼啪啪","噼噼啪啪","噼噼啪啪","噼噼啪啪",雨滴掉得更快了。

"不行。我看见对岸有个小木屋,咱们去那里避一下雨吧。"

延宇率先向对岸跑去,其他的孩子也跟着跑了过去。这时,露琪的脚忽然被夹在了岩石缝里。

"等一下!等我一起走!"露琪大声地喊着,但是孩子们的身影已经消失在了对岸。

雨滴重重地打在丛林里的树叶上。露琪小心

翼翼地脱掉鞋子把脚拔了出来，她的脚踝扭伤了。雨下得很大，很快，露琪的衣服就湿透了。

露琪躲到溪流旁边的一块大石头下避雨，想等到雨停了再去追伙伴们，但是雨根本没有要停的迹象。

"早知道这样就把手机带出来了……"露琪后悔早晨把手机放在房间里没带出来。

等了好久，雨终于小了一些。露琪哆哆嗦嗦地从石头下出来走到了对岸。

"延宇！彩林！江姬！政敏！"露琪一边喊着伙伴们的名字一边仔细找着小木屋，但她根本看不到小木屋在哪里。

"难道是那条路？"

露琪从丛林边上的一条小路走上了岸，可还是没有看到小屋，她心里隐隐地有些害怕了。

　　"不是迷路了吧？要是谁都找不到，我该怎么办？要是有熊，我该怎么办？要是迷路了，饿死了，我该怎么办？"

　　露琪的脸色变得苍白，腿也开始哆嗦，她冷得全身瑟瑟发抖。露琪拖着沉重的脚步走啊走啊。雨滴仍然不停地落在她那湿透了的衣服上。

　　"快点儿找到红色的蝴蝶结就行了，跟着红色的蝴蝶结走就能见到伙伴们了。"

　　露琪暗下决心，再累都不要放弃。因为自己，团队被扣掉了30分，还被罚刷碗，现在成了倒数第一。

"我一定要跟上他们,我要最先到达妖精小屋打开秘密盒子!"

露琪仔细地观察着滴答滴答地掉落雨滴的树杈,她要找到红色的蝴蝶结。

就在这时,在下坡路的旁边,露琪看到了一间小屋。小屋是用木头做的,看起来有年头了。露琪想,要是主人在里面就好了,还能借一下电话用用。

"在吗?有人在吗?"露琪在门口大声问道,但她没有听到任何回复。

露琪推了推门,门吱呀一声开了。昏暗的房间里面什么都没有,不像是有人住。

露琪拧了拧淋湿的衣服,顺便也把头发散开

甩了甩水。露琪那长长的头发挡住了她的小脸蛋。

这时，房间的后面传来了脚步声。露琪顾不上将开遮住了半边脸的头发，急忙转过身看去。

"啊！"那个人被吓了一跳。

"啊！"露琪也吓得大叫了一声，她扑通一下，一屁股坐在了地上。

"鬼……鬼！"对方朝着露琪大声叫道。

因为露琪的头发被雨浇透了，还遮住了半边脸，所以看起来很像鬼。

"鬼啊！不要过来！"

对方一直倒退着，结果摔了一跤。就听"咚"的一声，他的头撞在了墙上。

"哎呀！"

他撞到了架子,放在架子上的锅直接掉在了他的头上,又发出"咚"的一声。

"啊!"对方又叫道。

露琪透过头发的缝隙看着对方。

"是……是谁?"露琪害怕地问。

对方带着妖精面具,头上有角,两边的脸蛋高高地鼓了起来,面具上的眼睛也是闪闪地露着光。但他却在瑟瑟发抖,一副吓破了胆的样子。

"你……你又是谁?"对方用颤抖的声音问道。他真的很害怕。

"我……我叫姜露琪。"

"姜,姜露琪?""妖精面具"这下放下心来。

露琪把头发都捋到了后面。

"真是露琪啊。嗨！心脏都要停了。我真的很怕鬼，所以最讨厌来妖精小屋了，还非得让我来。"

"大叔，你是谁啊？你能把面具拿掉吗？你怎么认识我啊？"

"等一下！我不能告诉你我的秘密。你也别想知道更多了。"

"大叔，你的胆子好像很小啊。瞧我把你吓得都快没命了。"

"你说得太对了，我的外号就叫'胆小鬼'。先不说这个，你怎么这么快就到妖精小屋里来了？其他小孩为了避雨应该都回到野营宿舍了啊……"

"我跟其他小朋友们走散了,后来又迷了路,但是我不想放弃。就因为我,我们小队现在是倒数第一。"露琪如实回答道。

"妖精面具"就像没听见一样自言自语道:

"你比我想象的有毅力啊,刚来的时候就会天天迟到……"

"啊?你说什么?"

"啊,没有,什么都没说。""妖精面具"搪塞着。

"大叔,你在这儿干什么啊?"

"我偷偷躲在丛林里面准备吓吓小孩子什么的,但是……"

"因为下雨所以失败了吧?"

"对啊，就变成这样了。""妖精面具"干笑着。

露琪觉得这个声音似曾相识，但就是怎么也想不起来是谁了。

"那么说，这里就是妖精小屋了？我的任务就是找到藏在这里的秘密箱子，拿到里面的东西。可秘密箱子在哪里啊？"

"那个可能是……在那个壁橱里面吧？"

露琪马上站了起来，打开了壁橱。在布满了蜘蛛网的壁橱一角，放着一个小箱子。

"潘嘉运队长说，这里的东西对我们很重要……会是什么东西呢？"

露琪小心翼翼地把手伸进箱子里面，她摸到

了一个有些滑的小盒子。

"这是什么呢?"

露琪拿出小盒子看了看,盒子是透明的,里面有个小飞虫在飞来飞去。

"这个虫子叫蜉蝣。""妖精面具"说道。

露琪困惑地重新看了看盒子。

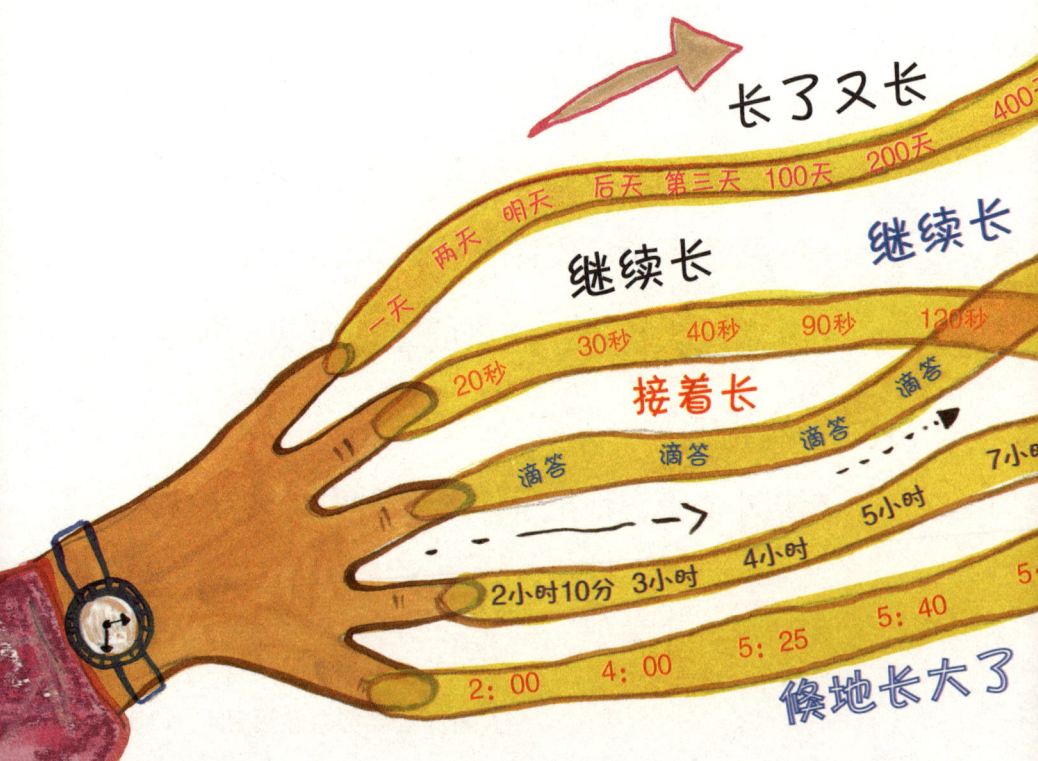

"蜉蝣？不是说非常重要的东西吗？怎么是这个啊？"

"呵呵。""妖精面具"又干笑了起来。

"蜉蝣可能含有非常重要的意义哦。你的任务就是寻找它的意义。"

"蜉蝣的意义？"露琪问道。

"你把时间比作什么呢？""妖精面具"问露琪。

"我觉得时间很像指甲。"

"指甲？"

"我们从来不用管它,指甲就能自动长得长长的,所以我认为时间就像是指甲。同时,不利用时间,它就会变得很长。我也不用花钱买,睡一觉醒来,有的是时间。"

"那倒是。""妖精面具"点了点头。

"我常有因为时间太多而不知道干什么的时候。我的爸爸和妈妈经常不在家,我自己在家时,常常会觉得没意思,很寂寞。所以就去网吧玩玩,也看看电视。但是即使那样,时间好像也打发不完。"

"妖精面具"用手指挠了挠躲在面具下面的鼻子,然后他又指了指蜉蝣,说:

"这个蜉蝣的一天就是一生。今天就是蜉蝣的末日了,对于蜉蝣来说是没有明天的。如果你是蜉蝣,你会怎么过呢?如果只能活一天,你会怎么过呢?"

"我要把想做的都做了,因为一天实在太短暂了,多活一点儿是一点儿。"

"是啊,但是你现在不是这么过的,对不对?""妖精面具"问道。

"当然啦,因为我不是蜉蝣。我有明天,有后天,这是蜉蝣没法比的啊。"露琪自信地说道。

"妖精面具"摇了摇头。

"那只是你自己想的而已,其实所有的人都在过着最后一天,就像蜉蝣一样。"

"呃?这话是什么意思啊?"露琪瞪大了眼睛,不解地问道。

"1天是24小时吧?1小时是60分钟,1分钟就是60秒钟。如果一个人能活到100岁,就相当于拥有31亿5360万秒钟。过1分钟,60秒钟就消失了。过1天,8万6400秒钟就消逝了,时间就这样一天一天消逝了。最后,所有的时间都会白白流逝,人也就死了。每个人都有随时离开这个世界的可能。但人们认为只要还有明天,浪费今天就无所谓。我们所拥有的时间并不是永恒的,但人们总是觉得它永远能自然而然地生长。我们也是一样,度过了31亿5360万秒钟,就像蜉蝣一样,人生也就都流逝了。"

露琪呆呆地看着蜉蝣。"妖精面具"说话的时候,蜉蝣的时间已经流逝了很多了。也就是说,露琪的时间也流逝了那么多了。

"我能稍微明白一点蜉蝣的意义了。大叔的

话太深奥了,我听不太懂,但是我知道了时间是多么重要。节约时间的最好的方法就是……"

"计划。""妖精面具"说道。

"我也想说来着……"露琪遗憾地笑了一下。

门外响起了孩子们吵吵闹闹的声音。雨停了,天也已经放晴了,看来是孩子们找到妖精小屋了。

"你今天是第一名啊!今天遇见我的事情你要保密啊。还有,我是胆小鬼的事情你也要绝对保密啊!"

"嗯,嘿嘿!但是,大叔你到底是谁啊?"

"嘘!不要再想知道更多了。我先走了!"

"妖精面具"悄悄地从后门溜走了。露琪打开了妖精小屋的前门,走了出来,孩子们用吃惊的表情看着露琪。

"我们队得第一啦。蓝天小队首先完成任务啦!"露琪开心地喊着。

乱七八糟的计划表

已经到了野营的最后一天。潘嘉运队长出现了，他的额头上贴了一个创可贴，像是昨天碰到哪里了似的。

"今天的任务是大家自己制订好计划，然后按照计划实施。大家以各小队为单位，自由地去利用时间吧。回想一下你们到现在为止学到的有关计划的意义，好好地计划一下如何充分利用今天的时间。时间利用率最高的小队将会得到最高分!"

"哇!"孩子们兴奋地拍起手来。

蓝天小队聚集在食堂的一边,孩子们都把头凑到一起,讨论了起来。

"怎么做才算是充分利用今天的时间呢?"

"去湖里玩一天打水仗吧!"延宇说道。

"不行!你以为老师是为了让你玩才给你时间的吗?"江姬反驳道。

"他不是想知道我们能制订多好的计划,看我们能实践多少吗?所以说,要制订一个合理的计划。"

露琪打开练习本,在上面画了一个圈。一边看着时间一边制订起计划表来。

"我记得妈妈给我制订计划表的样子。计划表是这么制订的。"

露琪按照妈妈的样子,画了一个圈,用直线分隔各个部分,并把要做的事情按照时间顺序标记到计划表上。孩子们围在一起,开始在计划表上标记自己今天要做的事情。

"现在是 9 点 30 分，从现在开始做运动。10 点 30 分回房间写作业，12 点吃中饭。"露琪兴奋地说。

"下午 1 点打扫卫生，2 点去爬后山再回来就可以了。"

"3 点学数学，4 点去拔草并到兔子园喂兔子，5 点就回来洗漱。"

孩子们把计划满满当当地填在了表格上，还用彩色铅笔涂得五颜六色。

"怎么样？"露琪用一脸骄傲的神情举着计划表让伙伴们看。

"什么时候休息呀？什么时候上厕所啊？一天到晚学习、干活儿、做卫生，再学习？"延宇不满地抱怨道。

"要把计划列得满满当当的!你不知道计划有多重要吗?"彩林一边说着一边要掐延宇。

延宇苦着一张脸。

随后,蓝天小队到运动场上跑了起来。一圈、两圈、三圈……跑了几圈之后,大家汗流浃背,像被雨淋湿过一样。

"啊,好热!运动时间还没结束吗?"政敏问道。

"哈哈,还有30分钟,得再跑几圈。"

孩子们又绕着操场跑了起来。他们脸涨得通红,腿跑得直发颤。但是因为有一定要完成计划的信念,大家都没有休息。

"终于,到10点30分了。下个计划是什么啊?"

"回房间写假期作业。"

孩子们摇摇晃晃地回到了房间,脚臭、汗臭充满了房间。

"呃……好臭!不行,我们去洗洗吧!"

孩子们"呼啦"一下都跑到盥洗室去冲澡了。他们出来的时候已经是12点了。

"呃?是午饭时间啊,赶紧去吃饭吧!"

孩子们又涌到了食堂,开始吃饭。从早晨开始又跑又跳的,每个人都饥肠辘辘,所以都吃了很多。吃完午饭,时钟已经指向1点了。

"从1点开始做卫生。"露琪说道。

"不是!假期作业不是还没做吗?要按照计

划先写假期作业啊！"江姬表示反对。

"不对不对，那不就不能做卫生了吗？那又不能遵守计划了！"

露琪和江姬谁也不服谁，她们吵了起来。

"那这样吧。我们分成两队吧，想和江姬一起做假期作业的就去江姬那队，想和我做卫生的就站到我这边来。"

"我们不是一个小队吗，干吗要分开啊？这不太好吧！30分钟写作业，30分钟做卫生吧。这不就行了？"延宇出面缓和气氛，江姬和露琪也同意了。

孩子们回到房间坐在了桌子前。大家因为吃得太多，肚子很撑，再加上早晨开始就做了很多运动，现在个个都筋疲力尽了。这时，从窗外吹进来一股凉爽的风。

"哈——欠！"露琪打了一个哈欠。

"哈——欠！"延宇也打了一个哈欠。

这就好像在传染一样，江姬、彩林、政敏都打起哈欠来。孩子们的眼皮渐渐沉了下去。不一会儿就都睡着了。

"当当当！当当当！"

不知道从什么地方传来了铃声。孩子们"呼啦"一下都从座位上坐了起来。

"到讲堂集合！评价一下今天的任务。所有小队都到讲堂集合。"潘嘉运队长拿着麦克风在走廊里喊道。

露琪一看表,时针已经指向了 4 点。原来,他们这一觉竟然睡了三个小时啊!

"啊!出大事了!"

蓝天小队的孩子们急急忙忙向讲堂跑去。别的小队已经到达讲堂了。

"晚星小队制订了什么样的计划,实施得如何呢?"郑美淑老师问道。

"我们到丛林里去观察生物,然后写了一篇观察日记。我们还踢了足球,然后给父母写信了。"

"时间利用得很好嘛。朝阳小队又是怎么做的呢?"

"我们小队去菜园子浇水了,又修了坏掉的栅栏,还去兔子园喂了兔子,喂完打扫了一遍兔子窝。然后把这些活动都记录在日记里,讨论了一下。"朝阳小队的贤秀一字一顿地说道。

"哇!没有老师的监督,自觉地做了那么多事情吗?真厉害!大家鼓掌!"

孩子们都给朝阳小队鼓起掌来。

"那么蓝天小队制订了什么计划,又是怎么实施的呢?"郑美淑老师望向露琪这一边。

露琪慢慢腾腾地从座位上站了起来。

"我们小队跑步了。"

"然后呢?"

"然后……吃饭……睡觉……"

"睡觉?"

"是的……"露琪的声音渐渐像蚊子一样小

了下去。

孩子们大声地笑了起来。

"安静！都安静！"

郑美淑老师走到蓝天小队旁边，然后从露琪手里接过计划表看了看。

"计划做得很充实，很好。想将所有时间都利用好……嗯，这样的计划表是没有用的，这样的计划表也没有制订的必要。"郑美淑老师说道。

露琪和其他蓝天小队的队员都用像冰块一样凝固的表情看着郑美淑老师。

"各位，你们知道为什么蓝天小队的计划表没有用吗？"

"没有按计划做！"朝阳小队的贤秀说道。

郑美淑老师一边向前走,一边说:

"无法实现的计划是根本没有制订的必要的。为了给别人看而制订的计划是没有价值的。

制订计划的原则

1. 树立一个目标,知道制订计划的目的。
2. 不要从一开始就树立一个宏大的目标,可以从容易实现的小目标着手。
3. 以"先完成重要的事情"的原则制订计划。
4. 与时间相比,计划的内容更加重要。

有了计划就要按计划一步一步地去实施,这就是我们为什么要制订计划的原因,但是在制订计划的时候也要遵循几项原则。来,大家看看这张纸。"

郑美淑老师打开一张大纸,上面大大地写着"制订计划的原则"这几个字,下面记着几条内容。

"制订计划之前,要明白制订计划的原因。你是为了几周以后的考试而制订学习计划,或是为了给妈妈买生日礼物而制订攒钱计划,还是为了能充实度过一天而制订每日计划。因为根据制订计划的目标不同,计划的内容也会

完全不一样。"郑美淑老师环顾一周之后对着大家说。

"还有,我们必须要制订一个具有实践意义的计划,把目标定得太高也不行。像蓝天小队一样,制订了一个非理性的计划,结果导致计划无法实施,这样一来也会大大降低自己对自己的信任感。一开始,我们最好从可以实施的小事开始。培养起对自己的信任感和自信感非常重要。"

"老师,那在制订计划的时候该找一个什么程度的目标呢?"民珠问道。

"不是说目标多了就好。狮子在狩猎的时候是怎么做的呢?它不会同时确定很多只猎物,只会选择一只去追捕。如果同时追很多只,那么它

哲秀错误的 计划表

英姬不错的 计划表

- 看书或者玩电脑。
- 吃中饭
- 自由时间
- 写假期作业
- 先做简单的。
- 在外面玩
- 吃早饭
- 加油加油！锻炼身体。
- 收拾屋子，整理书桌、书柜、衣柜，如果做不完就不勉强，明天再做。
- 吃晚饭
- 看3页英语，做10道数学题。
- 学习
- 写日记
- 洗漱准备睡觉
- 看看是不是按照计划表做好了。
- 睡觉

乱七八糟的计划表

一只也追不到。大家在制订计划的时候不要想得太多，要尽量把目标细化，然后一个一个地去实现，这样就不容易落空了。所以大家不要贪多，要知道如何选择。"

露琪努力地思考着，她就像一头努力去抓很多只猎物却一只也没有抓到的狮子。她是一头没有抓到猎物，失败而归、饥肠辘辘，又十分可怜的狮子。

郑美淑老师继续解释说："还有一件需要大家特别注意的事情，这比起在几点几分做了什么事情，做了多少事情更为重要。如果计划3点去做数学题，那么，最重要的不是3点去做数学题，而是你如何充分地利用时间，做了多少道数学题。"

"即使是这样,也有完不成计划的时候,那该怎么办?"延宇问道。

"在这种情形下,我们就要努力去做到计划中最重要的那一个。如果将最重要的事情做完了,其他的事情也会做得很好的。"

郑美淑老师给大家展示了做得好的与不好的计划表。

"好了,比较一下这两个计划表。比起哲秀的,英姬的在某一个时间段做的事是不是更加具体?计划是要这样具体并且有可行性才有可能实现。"

听完老师的话,露琪的眼泪"啪"的一声掉

在了手背上。想到今天乱七八糟的计划，她觉得很难过，也很丢脸。坐在旁边的江姬的肩膀也一耸一耸地抽泣起来。彩林、政敏都哭了。蓝天小队弥漫着一种悲伤的气氛。

"蓝天小队的各位，没关系的。"郑美淑老师走过来给了大家一个温暖的微笑，然后接着说，"因为今天大家懂得了最重要的事情是什么。你们不是学到实施计划的方法了吗？无论多么困难的事情，只要按照计划一件一件地做，就会在不知不觉中获得成功。我们都给蓝天小队鼓鼓掌！给他们掌声鼓励！"

孩子们都鼓起掌来，鼓励蓝天小队的掌声在讲堂中回荡。

梦想成真的三个秘诀

露琪坐上了开回家的巴士。孩子们都因为要回家而非常开心。一想到要跟爸爸和妈妈见面,露琪的心也激动起来。虽然离开家也没有几天,可她感觉就像离开了几年那样漫长。

潘嘉运队长跳到了巴士里面,给每个孩子发了一封信。

"这封信里面装着这次野营的三个任务的答案。大家一定已经在实施任务的过程中找到了这

任务1

- 只能靠自己制订。
- 也被称之为梦想的设计图。
- 不可以是大人给制订的。
- 并且在执行的过程中你会慢慢成长为大人。
- 让自己知道我就是自己人生的主人。

任务2

- 无论是谁都能够拥有,但是不是所有人都能够实现它。
- 只有最珍惜它的人才能实现梦想。
- 它似乎永远都用不完,但它一旦流逝就永远不会再回来。

任务 3

- 它不是越多越好。
- 只有懂得克制的人才能实现它。
- 要从小做起,一个一个地去实现,就没有完不成的事情。
- 不要过分贪多,要有适量的调节才行。
- 狮子在狩猎的时候不会一次追很多只猎物,而是锁定了一个目标以后再去奋力追逐。

些答案。回家的时候大家对照一下自己的答案是不是正确，并且要记住这些答案，一辈子都不要忘记。在最困难的时候，请再去想想这些答案。这些答案将会成为你们一辈子的财富。"

"嘀嘀……"

巴士开动了。在巴士外站着的潘嘉运队长和郑美淑老师向大家挥手告别，其他的孩子也挥起了手。

巴士离野营场地越来越远了。露琪又开始流眼泪了。

"又哭了？我还以为你只是超级迟到大王，原来还是个超级泪包啊！"延宇在露琪后面笑话她。

露琪静静地读着信。

"第一个任务的答案是计划。"延宇说道。

露琪点了点头。

"第二个任务的答案是时间。我们总感觉时间很漫长,但我们不可能制造,也不能用钱买,时间一去就再也不复返。"露琪说道。

"第三个答案是什么?"延宇问道。

"昨天,郑美淑老师不是告诉我们了嘛,狮子为什么不同时追很多只猎物的原因啊。"

"啊,目标啊!"

露琪看了看信封的后面,上面写着"计划、时间、目标"。

"喂,迟到大王!"露琪叫了叫延宇。

"干吗？超级迟到大王？"

"我们以后再也别迟到了。"露琪向延宇伸出了小手指。

"好，因为我们是计划野营的队友！"延宇勾上露琪的小手指晃了晃。

巴士承载着金灿灿的希望飞驰。露琪十分想念爸爸和妈妈。